섬의 레음은

수평선 아래 있다

섬의 레음은 수평선 아래 있다

김정숙 시집

한그루

목젖 아래 가라앉아 있는 말입니다
뱃속에서부터 터득한 말입니다

북받칠 때

겨를 없을 때

불쑥불쑥 솟구치는 말들을

팽팽한 가을 수평선 위로
몇 자 올려놓습니다

섬의 레음은 수평선 아래 있다

차례

1부

문득 흰 바람이 불었는데

2부

지읒 하나 차이

3부

보말보다 맛 좋은 말

4부

낭만 가득한 거기

1부 ——————————————

문득 흰 바람이 불었는데

문득 흰 바람이 불었는데

길 잃어야 한다면
딱 여기서 잃고 싶다

밟을까 꺾을까 아님 매달릴까

꽃샘이 날밤을 새워도
어쩌지 못한 민오름 아래

이끼 깔고 낙엽은 덮고 한뎃잠을 자다가

느, 피면 나도 피고
느, 돌으면 나도 돌아

눈에 눈
잎에 잎 맞추는
파르르르 바람꽃

구순의 입덧

콩잎에 쿠싱한 멜젓 싸서 여름 넘기겠다 시고

생선 굽던 손가락은 핥기만 해도 베지근하다 시고

보말은 먹는 맛보다 잡는 맛 까는 맛이라 시고

빙떡은 술강술강 삶은 무채 맛이라 시고

찬바람엔 투랑투랑한 메밀 청묵 생각난다 시고

눈 오면 시든 고구마 삶아 무랑무랑 먹고프다 시고

할아버지 판결문

수박서리 꼬맹이들 할아버지 부르셔
더러는 냅다 뛰고 쭈볏쭈볏 몇은 불려가
들을라 새가 들을라 이름은 덮어두고

손 잡히는 데 있는 이 아이는 야의
말 들리는 데 있는 저 아이는 쟈의
숨어서 보이지 않는 그 아이는 가의

야의 쟈의 따고?
망은 가의가 보고?

허허 이 맹랑한 작당은
야의 쟈의 가의냐?

다시 또 들어오켕 ㅎ민
일름 ㄷ라멩 놔두마

멍

가끔은 나에게서 가벼워지고 싶었다
나도 모르는 올레 길에 놀멍 쉬멍 걸으멍
멍으로 다져진 땅에 발을 올려놓는다

바다며 돌이며 바당이멍 돌이멍
숲이며 숲이멍 비오면 비 맞으멍
바람엔 브름 맞으멍 바쁠 때는 일 ᄒᆞ멍
다툴 땐 두투멍 화 날 땐 용심내멍
기쁠 땐 지꺼지멍 말할 땐 말ᄀᆞ르멍
슬플 땐 눈물 흘치멍 가고 올 땐 가멍 오멍

산다 산다는 게 멍 드는 일이었네
부랴부랴 두르멍 두르멍 바쁨을 누렸네
검푸른 부종을 이젠 쓰다듬어야 하겠네

16

무사는 무사

무사는 질문이면서 한라산 메아리다

물어보듯 무사
대답 대신 무사
놀란 듯 무사
심드렁한 듯 무사
예민한 듯 무사
꾸짖는 듯 무사
따지듯 무사
궁금한 듯 무사
다정한 듯 무사
별거 아니라는 듯 무사
알겠다는 듯 무사

어머니 나를 읽는 데 무사 하면 끝난다

섬의 레음은 수평선 아래 있다

1. 올레

한그루 포도나무였다
내가 자란 납읍은

송이 같은 골목들이 동글동글 집을 달고

사랑이 영글어 가는
올레 올레 우리 올레

2. 줄레

어린 닭은 빙애기
어린 꿩은 꿩빙애기

날개 다 자라지 않아 달리기만 하는 건 줄레

호기심 많던 그 봄을
줄레 줄레 뛰어 줄레

3. 찔레

수컷들은 만나면
서열부터 매기려 들지

서로 머리 맞대고
찔레질하는 송아지

괜스레 심심해지면
개구쟁이 찔레 찔레

4. 살레

아무도 없는 집에 어머니 품속 같은 살레

부엌 찬장 뒤지다 보면 외로움도 맛이 살아

식은 밥 마늘장아찌 반겨주던 살레 살레

5. 출레

섬을 안다는 건
왕소금을 만나도

스스럼없이 곰삭아 감칠맛 나는 거지

매 끼니 자리젓 멜젓
입맛 돌던 출레출레

6. 볼레

씨앗이 보리를 닮아 보리수라 했다지만

아버지 가을 등짐에 붉게 달려 있던 볼레

당신의 눈물방울이
달달 익은
볼레 볼레

7. ㄱ레

쌀 찧는 방아는
소, 말이라도 빌리지만

가루 내는 ㄱ레는 여자들이 어처구니를 잡아

멧돌아

입이 웬수다

ㄱ레 ㄱ레 돌ㄱ레

8. 빌레

흙이라고 다 같은가

암반덩이 품어 사는 빌레

조금만 가물어도 풋것들을 다 태워 먹는데

그래도 내 땅 어디냐고

아끼는 빌레 빌레밭

9. 몰레

갈 때까지 가지 않아도
알게 되는 섬의 바닥

제 몸 깎고 깎아도
벗어날 수 없는 모래밭에

짭짤한 몰레알들이
마르다가 젖다가

10. 푸레

톳 넣고 톳밥
푸레 넣고 푸레밥

허기진 배를 달랬다고

백 번쯤 듣고서야

바다도 가진 자 편이라고

알게 되는 푸레 푸레

11. 지레

가난도 서러운데 죽은 지례 물려받고

이성 앞에 이력서 앞에 작은 키 점점 줄어들 때

"아파도 안기 좋겠다"

그 한마디에 날 걸었지

12. 날레

거둘 땐 얼마 안 되더니
말리자니 한 마당이네

멍석이란 멍석
다 펼쳐 널어놓은 보리

온종일 닭을 쫓느라
내가 더 마른 날레 날레

게무로사 별곡

ㅂ름 ㅂ름 해도 게무로사 섬 눌아 나크냐

비 비 해도 게무로사 물이 ㄱ만 이시크냐

백날을 ㄱ물어 보라 게무로사 똡 어디 가크냐

공출
간섭
눈독에도
고망고망 지킨 삶
야사도 못 되는 게무로사 한 꼭지 쥐고
아버진 역경의 오지랖을 건너왔다 하셨네

시집인데

예민함과 까칠함 사이 주워 모은 기역 니은
삼 사 삼 사 꾸러미 지어 첫 시집을 묶었다

어머니 나 시집 나완

무사 무사 아이덜은?

흙바닥에 풀썩 주저앉아 박박 글강글강 호미질

아⋯ 그 집 아니고 책

책? 간 털어질 뻔햇쪄

잘 햇쪄, 책이고 공붸고

시집 아니난 뒛쪄

어멍산디 어욱산디

별에 고향을 두고 별을 따라와서는
별의별 일 다 하다가
베라벨 일 다 겪다가
갈바람 부는 쪽으로 머리를 놓는 억새

ㅂ름 위쪽으로 좌정하신 ㅂ름웃또님
ㅂ름 아래쪽으로 좌정하신 ㅂ름알또님
이 한 톨 마른 씨앗을 당신께 바칩니다

멀리서 바라보면 어머닌지 어욱인지
어욱밭에 구벅구벅 중얼대며 뿌린 눈물
그것도 거름이라고 가을꽃이 피더래요

아버지의 자리

이 자리 저 자리 해도 바당 자리가 최고라

줄마룽혼 건 바짝 졸영 주근주근 씹어 먹곡
중수마룽혼 건 다듬앙 회로 먹곡
훌구마룽혼 건 왕소금 뿌령 구워 먹곡
젓 담앙 새 자리 나도록 눌차 먹곡 밥솥디 치멍 먹곡

이 봄도 자리돔은 나고
당신은 자리에 없고

아침바람 찬바람에

H대 나온 서울 성님 싹싹하고 고운 성님
귤 따는 거 돕겠다고 새벽같이 나섰는데

울 삼춘 벙근 입으로
"장갑부터 찌라 장갑 찌라"

솥에 찜틀 들여 놓고 가스렌지 찾아가며
빨간 장갑 차곡차곡 돌려가며 쌓는데

"아이고 무사 무사게 장갑은 솥디 담아시니?"

"따뜻하게 쪄서 끼는 줄 알았어요"

"장갑은 손에 찌는 거주, 솥디 치는 거 아니 이"

찬바람 푸하학 날린

찌다 끼다 치다에 치이며

침 맞고 비 맞아야 큰다

1. 침

크려면 아프고
아프면 침 맞아야지

착ㅎ다 착ㅎ다 어지럼탕시 ㅎ는 사이

머리에 은침 쏘악쏘악
얼떨결에 자랐다

2. 비

쏟아지네 쏟아지네
먹장구름 깔린 교정

영 젖으나 정 젖으나 이래 젖으나 저래 젖으나

교복 채 납다 뛰면서
대책 없이 다 컸다

2부 ──────────── 지붕 하나 차이

프러포즈

태초부터 우리가 당신 사이였나요
신이 머무르는 공간을 당이라 하고
원초적 당의 주인은 신이었으니까요

할망당은 할망신
하르방당은 하르방신
어떤 사람 어떤 시간이 당신으로 맺어져
제주 섬 은밀한 곳곳 푸르른 이끼처럼

길은 끊어져도
생이 남아 있다면
당을 위한 신의 마음 신을 품은 당의 마음
하가리 할망당 앞에서
우리 당신 할래요?

이대 족대 왕대 그리고 그 대

그대와 살림 궁합은 그때가 좋았었네

여한 없이 쪼개며 갓 패랭이 돼주고
등에 지고 싶으면 질구덕
들고 싶으면 들름구덕
허리 찰용이면 출구덕
나물 담아 숭키구덕
애 키울 땐 애기구덕
빨래할 땐 서답구덕
나들이 갈 땐 그는대구덕
뚜껑 결어 짝 맞추면 차롱이라
밥 담아 밥차롱
떡 담아 떡차롱
도시락은 동그랑착
낱알 고를 땐 얼멩이

마당 쓸 땐 비차락

물도 새고 바람도 새고 물도 품고 바람도 품던

대나무 곱게 결은 그 한때 세간살이

폭죽소리 총소리 뒤엉킨 근대 지나

그 대가 멀어진 만큼 나는 돈이 좋았네

베롱흔 날

고속도로 없어도 와랑 와랑 차 달리는 데
목마르면 수돗물도 괄락 괄락 마시는 데
어딜까 더 오를 곳은 오름 오름 널린 데

가나오나 발에 차이는 돌멩이 비작 비작
단풍 대신 익어가는 열매들이 지락 지락
철따라 차례 돌면서 꽃들은 베롱 베롱

비작 비작 욕망은 삶을 앞질러 가고
와랑 와랑 달리면 괄락 괄락 벌어서

이 섬은 살아 갈 건가
벨롱 벨롱 필 건가

호모사피엔스 다리 설계도

누가 두 다리로 선다고 하는지 몰라

잇속에 눈먼 잔꾀돌이 구늉다리

가나오나 징징대며 눈물 파는 아연다리

사방팔방 오지랖 제 짐에 치인 맥진다리

넘치는 욕심다리에

세월 네월 간세다리

살아보니 알겠네

너나 나나 감춘 다리

수시로 폈다 접었다 오늘을 건너는데

설문대할망

어젯밤 다녀가셨나
쏟아놓은 꽃잎 자국

말라 말라 ᄒ다 건들지 말라 건들ᄇ름
해도 해도 너미햇주 한 많은 하늬ᄇ름
눈 왁왁 코 왁왁 살아시녜 흙ᄇ름
뱅기로 배로 새치기 새치기 샛ᄇ름
이녁 것도 아니멍 이래착 저래착 궁둥잇ᄇ름
눈도 안 오는디 칼칼ᄒ는 칼ᄇ름
느영 나영 모다들민 벨 거 어신 씬ᄇ름
도리뱅뱅 감장 돌당 메다쳐부는 회오리ᄇ름
쌍둥이 건물 트멍이 맹글아 논 황소ᄇ름
저슬들어 왐쩡 갈갈 부는 갈ᄇ름
속상ᄒ영 줌 못 잘 땐 밤새낭 눈물ᄇ름
치맛은 무슨 맛산디 슬짝 슬짝 치맛ᄇ름

비 오젱 ᄒᆞ민 마ᄑᆞ름

비 몰앙왐젱 흘레ᄇᆞ름

눈 비 오민 눈비ᄇᆞ름

문 트멍으로 문ᄇᆞ름

금착 금착 헛ᄇᆞ름

가나오나 주는 거 어시 미운 꽃샘ᄇᆞ름

ᄄᆞᆷ 나는 디 산들ᄇᆞ름

바당이고 땅이고 대박나 줍써 영등ᄇᆞ름

일 년 삼백 예순 다섯 잘 날 어신 바당ᄇᆞ름

단숨에 섬을 빙 돌아

꽃바람을 피우고

놀이의 계보

할아버지 어려서 배뛸락하며 놀았고
아버지는 어려서 줄넘기하며 놀았고
아들은 어른 돼서도 게임을 즐기지요

뛸락 배는 할아버지의 할아버지 만드셨고
넘기 줄은 아버지의 아버지가 사주셨고
게임은 아들 혼자서 골라가며 사지요

사람과 사람 사이 락樂이 줄을 넘다가
사람과 사람 사이 손뼉이 쏠리다가
사람과 사람 사이에 돈이 오고 가지요

놀이의 계보 2

할머니 할아버지 어려서 좀 놀았지요
배 등길락 쫏기 찰락 데낄락 곱을락
이기면 책가방 들러줄락 업어줄락 먹을락

엄마 아빠 어려서 세련되게 놀았지요
줄다리기 제기차기 던지기 숨바꼭질
이기면 책가방 들어주기 업어주기 한턱 쏘기

아들 딸 어려서는 장난감과 놀았지요
인형놀이 병원놀이 소꿉놀이 퍼즐 맞추기
외로움 견디는 법을 그렇게 배우는 거죠

현무암 일가

이름을 부르는 순간 돌은 그렇게 존재했다

크면 왕돌 왕석
양손으로 들면 담돌

한 손에 들 수 있는 건 돌멩이 돌멩이

두세 개 잡으면 작지
여럿 잡으면 돌세기

돌 위에 돌
돌 아래 돌
돌 옆에 돌
몇만 년

같은 돌 하나 없어서 같은 삶도 하나 없이

범벅을 아는 당신이라면

만만한 메밀가루 한 줌으로 뭉뚱그린 끼니

범벅 중에 범벅은 식어도 괜찮은 고구마범벅
빈속으로 쑥쑥 크라며 겉과 속 다른 호박범벅
참다 참다 배고플 땐 감자 듬뿍 감자범벅
아무 생각 없을 땐 무로 쑤는 무범벅
눈물방울 보일 땐 당원 한 방울 범벅
떡도 밥도 죽도 아닌 덩어리로 배 채우며
어려 고생은 약이라고 달래시더니

아, 그게 역경이라면 오늘은 땡초범벅을

B형 계절

봄은 보일락 말락

여름은 여어어어어름

가을은 갈갈 줄여

겨울은 겨우우우우울

계절이 초마도가라

날 가지고 밀당을,

흐다 흐다

수백만 송이송이 귤꽃 터지는 오월

사나흘 밤낮 공들여 다섯 꽃잎 펼치고

가운데 노란 점 하나에 온갖 치성 들이는 봄

흐다 흐다 어느 한 잎도 아프지 말게 해줍써

흐다 흐다 눈 맞은 사름 만낭 시집 장게 보내 줍써

비 ᄇᆞ름 맞당도 남앙 곱게 익게 해줍써

밥을 밥으로 보면

어떻게 그 많은 밥을 다 해 먹었을까
만만한 게 보리밥인데 그도 한참 모자라서
보리쌀 쌀 반반 섞은 반지기밥은 고급지고

수수 넣고 대죽밥 메밀 넣고 무멀밥

톳 넣어 톳밥 감자 고구마로 지실 감저밥

무 넣은 놈삐밥에다 파래 넣어 포래밥

피쌀로는 피밥 설익은 보리로 섯푸리밥

밭벼로는 산듸밥 넙패 넣고 넙패밥

팥 녹두 넣은 퐅 녹디밥 좁쌀로 지은 조팝

나물밥은 기본이고 기름에 비빈 지름밥

쌀 두말어치도 못 먹고 시집간다는 곤밥

못 먹어 천만다행인 떡밥 밑밥 콩밥에

배부르게 해주면 더는 소원 없겠다고
세끼 꽁보리밥 배 뽕그랭이 먹고 보니
우리는 우리 뱃속을 몰라도 너무 몰랐네

오몽 예찬

오몽해사 살아진다 오몽해사 살아진다

말해 뭐하나 돈도 자식도 있으면 좋지

경해도 "지 먹은 오몽은 해사"
선배님들 십팔번

하루살이라기엔 믿을 수 없는 누네누니추룩
일 이 밀리 몸으로 지하 건설하는 게염지추룩
방앗간 그냥 못 지나는 밥주리 생이추룩

사는 건 순간순간 대체불가 몸의 노릇
묶을 것도 밑줄 칠 것도 별반 없는 생애
오늘의 몸을 굴려서 내일의 몸에 닿는다

지읏 하나 차이

금자 영자 순자 명자 정자 옥자 복자 삼춘!

공짜 타짜 걸짜 가짜 몽짜 굳짜 판치는 데

춤지름
춤외
춤메역
춤깨
춤으로만 주시는
우리 삼춘

3부 ——————————————— 보말보다 맛 좋은 말

ᄋ

우주가 우주 밖으로 쏘아올린 씨 한 톨이
반 쯤 핀 꽃잎처럼 입을 열어 ᄋ ᄋ ᄋ
지구를 백 일쯤 돌아 처음으로 터트리는 소리

할머니가 ᄋ ᄋ ᄋ 하면
아기가 ᄋ ᄋ ᄋ
ᄋ가 옹알이 되고 옹알이는 말이 되어
할머니 나 사이에는 오래 ᄋ가 살았네

두 팔 벌려 안아주던 설문대할망 품의 소리
'아'니 '오'니 하다가 휘파람처럼 날아간 소리
우주가 태어날 때마다 여전히 ᄋ ᄋ는 들려

합병의 시간

표준 볕은 쨍쨍
어머니 벳은 과랑 과랑

서울 할머니 옹기 종기
우리 할머니 올랏 올랏

삼촌은 저벅 저벅
삼촌은 으상 으상 걷고

뭔 말이야 어리둥절하면 뭐엥 ㄱ람시냐 두령청ㅎ고
귀눈이 왁왁ㅎ다 하면 눈앞이 캄캄하다고

같은 말 주고받는데
손해 본 이 느낌 뭐지?

감성온도계

뜨거운 마음을 싸도 겨울 도시락은 메지근하고

땀을 씻는 그대의 휘파람은 산도록하고

내편을 들어주지 않는 그대 가슴 석석하고

타다가 꺼진 재는 흑이 되어 써넝 써넝

눈물 길이로만 자라는 고드름 온도는

써굴라, 앗 써굴라아 손만 잡아도 녹는데

감성 온도계 2

엉덩이가 데워놓은 의자는 메지근하고

나눠 마신 컵라면 국물은 멘도롱하고

똣똣은 눈 내리는 날 한 주머니 속 두 손이

식지 않기 바라는 신혼의 적정온도 떠바아

물불 못 가리는 위험천만 사랑은

떠불라, 앗 떠불라아 손만 잡아도 데이고

말 잃고 사전을 고친들

가나다라 매어 놓으면
말 다시 돌아올까

가불지 말게 대 끊기지 않게 공들인 말
나영 느영 나랑 너랑 죽자 사자 사랑하던 말
다 믄딱 다 모두 한마디로 열백을 품던 말
라랄라 랄랄라 혀를 춤추게 하던 말
마, 아까운 거 내줄 때 엄마 입에 붙어 살던 말
바력 바력 보고 또 보고 눈에 넣어도 사라지는 말
사름인지 사람 아닌지 스스로 고백하는 말
ᄋ마떵어리! 잘못 됐구나 ᄋ마 어떵ᄒ리!!
가슴치는 말
자파리 장난이라는 건데 장난만은 아닌 말
차벨 차별하면 대를 이어 섭섭한 말
카다는 타다 쯤일까 숯덩이 돼가는 말
타는 건 따는 거지 별도 달도 타 줄 것 같던 말

파니 파니 이랑 이랑 같은 말 다른 소리 나는 말

하간디 방방곡곡에 널브러져 사라지는 말

구글은 알고 있을까

집 나간 말의 궤적을

보말보다 맛 좋은 말

　우리가 까먹은 말이 나뒹굴고 있네요

　가난 겨우 빠져나간 갯가 바위틈에
　밤고둥 먹보말, 눈알고둥 문다데기, 두드럭고둥
메옹이, 팽이고둥 수두리보말
　고소한 말 쌉싸름한 말 메코롬한 말 담백한 말 백
중날 저녁이면 삶은 고둥 양푼에 매달려 했던 말 하
고 또 하고 들은 말 옮기며 보말죽 보말칼국수 소문
자자한데 깐 보말 얼른 내밀며
　"나 강생이 이래오라"

　할머니 이 한마디면 난 별이 되고도 남아

이왕이 기왕에게

태어나 들으면서 자란 말이 왕이었다

어두워져 어두왕
밝아오면 붉아왕
비바람 열두 달 일상처럼 싸워 싸왕
봐도 봐도 아깝네 아까워서 아꺄왕
해 끼치는 일은 남 부끄럽다고 늠 부치로왕
아는 게 힘이다 배워라 배워 배왕
금이야 옥이야 잘 길러줘서 질루왕
제주형 밥상머리가 왕왕하며 날 키왕
지나고 보니 그때가 그리워서 그리왕

기왕에 이렇게 된 거 이냥 살아도 좋겠다

양이 진다

양 양 부르면 해가 반짝 돌아보곤 했지
삼촌보다 양 삼촌하면 봄볕 한 줌 끼어들어
언어와 언어 사이에 넉살 좋은 무지개 뜨고

양은 네, 저기요와 뿌리를 공유하던 말
사전으론 다 품을 수 없는 품 내 나는 말
말 틀 때
얼어붙을 때
군불처럼 지피는

양을 잃어버리고 말의 집을 더듬네
하얗고 순한 감촉 초원을 수놓던 억양
말꼬리 잘라 먹으며 노을을 건너가네

문자 돋아나는 봄

한 소쿠리의 글을 먹으며 봄 한철을 살았다
혀를 감싸 안는 자모음 유전자들이
나라는 행성 속으로 허겁지겁 들어왔다

끊임없이 짝을 바꾸는 새것들의 염기서열
꿩마농 들굽을 먹고 달래 두릅이라 쓰는
암묵의 문자서열은 입맛 따라 바뀌지만

사는 건
밥 먹고 밥이 되는 무한반복의 장르
풀 먹은 소가 밭을 갈고
사람은 읽기에 좋았다는

나물은 고전이었다
볼록렌즈가 쌉싸롬했다

먹는 동사

왜 이리 예쁜 거냐
서 오누이 하는 짓이

엄지 검지 중지까지 합세해서 주바 먹고
다섯 손가락 다 펴서 한 웅큼 줴어 먹고
밥 밥해도 밥은 국물 있어야 좀앙 먹고
입맛 없을 땐 마농지 자리젓 주창 먹고
짠짠한 간장된장 양념해서 툭툭 주가 먹고
숟가락 들고 다니며 이것 저것 거려 먹고
짜고 달고 쓰고 신 건 물 담가 울려 먹고
먹음직한 건 입대서 덥석 그차 먹고
맛 좋은 국물은 사발째 호록 드르싸고
풋콩 삶아주면 콩깍지 베르싸 먹고

어머니 눈엔 꿀 뚝뚝
다디달던 그 시간

말은 낳아 제주로 보내랬다고

왓은 신의 공간이라며 탐낸다는 태국 말 중에
빌레왓 성굴왓 촐왓 담드리왓 무등이왓
만 팔천 신들의 고향 지명들이 남아서

무심코 튀어나와 쪽팔린다는 일본 말 중에
노가다는 똔똔이야 유도리 있게 왔다리 갔다리
막일은 본전치기야 여유부리며 왔다 갔다

세상 애교스럽다는 프랑스 말 중에
가베또롱이 느보레 가젱흐민 아랑 졸디
가볍게 널 보러 갈 때 알아두면 좋은 데

받들어 모시는 만국공통이라는 말 중에

알바 햄 머니마니 인 시카고피자 쏘리 쏘리

조랑말 히힝 히히힝 말이 말 다 잡아먹는다고

비가 쏜다

오늘은 비가 쏜다 뒹굴뒹굴 쉬어
바닥 떠난 발가락들이 여행을 떠나기로 했지
짓눌린 발창을 지나 귀마리에 닿았어

복숭아뼈대로 세운 귀마리 단숨에 돌아
완만한 쥐설 타고 정강이를 내달려
접었다 폈다 자유로운 동모리에 내렸다

꺾는 것과 접는 건 다르다는 것만 대충 보고
룰루랄라 살집 좋다는 잠지페기로 향했다
어딘지 익숙한 살맛 엎드린 발가락 품던 맛

잠지에서 두던이 까진 슬토메기 지대라
부드럽고 푸근했지만 빛이 그립기도 해
두던이 위로 올라서면 거기서부터 즌둥이야

북반구와 남반구를 잇는 적도쯤 될까나
앞쪽 적도 밑으로 배또롱이라는 섬이 보여
배또롱 깊이를 몰라 외로울 때 보기로 하고

적도 둘레는 인류의 고민 같은 거래
그래서 사람들은 벨트를 치기도 하고
전둥이 근처는 구릉이야 출렁일 때 조심조심

구릉지대 올라서면 욥갈리라는 성이 있어
열두 쌍의 뼈로 오랜 도시를 마주 품은
그 성곽 막 벗어나면 바깥쪽 귀퉁이에
주껭이라는 아늑한 쉼터가 자리하지
시린 손 갈 데 없는 손 심심한 손들 숨어드는 곳
발엔 왜 그런 데가 없는지 모두 부러워하는데

복지는 접근 방법이 달라야 한다고
결국엔 엄지발꼬레기가 한마디를 내뱉고
주껭이 감싸 안으며 예술 같은 벼랑 오르면

둑지 혹은 웃둑지라는 전망대가 나오지
뒤쪽으론 등뗑이라는 가파른 지대인데
스스로 제 모습 볼 수 없는 등뗑인 할 말이 많고

몸이 가진 절벽이자 여백인 등뗑이
맞대면 따뜻해져 나눠 쓰기 좋은 곳
가끔은 쓸쓸하기도 한 풍경 품고 산다는 곳

위를 봐 대멩이라는 깊은 숲이 보이지
야개기 협곡을 지나야 거기에 닿을 수 있어
야개긴 세울 때보다 숙일 때가 신비롭지

머리카락 당겨 잡으며 드디어 대멩이 도착
늘어선 발꼬레기들이 내려다보며 곰지락댄다
맙소사, 이 모든 것을 내가 지고 사는 거야!

말과의 이별 방식

게난 눈진벵인 진눈깨비옌 ᄒ고
쇠나기 ᄒ 주제 ᄒ민 소나기 한차례옌 ᄒ고
놀 불민 태풍이옌 ᄒ고
ᄀ랑비 ᄀ란 가랑비옌

말로 할 땐 끄덕 끄덕 귀가 알아 듣는데
글로 써서 읽으라 하면 입이 버벅 버벅 거려
그렇게 붉은 입술이 식어가는 거구나

작달비

내게 오시려거든
부득불 오시려거든

비비작작 비비작작

휘갈겨도 좋으니

한 줄의
시로 오소서
니체의 혼잣말처럼

4부 ———————————————

낭만 가득한 거기

빙세기를 아시나요

소리를 죽인 꽃잎이 방긋 벌어지는 동안
눈꼬리 입고리가 마주 길어지는 동안
그 잠깐 부드러운 순도에 얼음벽이 녹는다

일천 구백 사십 팔년 사월 이십팔일 한수곶 살얼
음 밤을 걸어 내려온 김달삼과 먼 생각 돌고 돌아온
김익렬이 만나서 세기의 담판을 짓는 구억국민학
교에서도 달리는 구름 사이 눈 맞추는 별빛처럼 양
미간 풀린 빙세기가 지나가고 있었다 미소가 방긋
방긋 터지는 것처럼 빙세기도 빙싹 빙싹 얼음에 싹
을 낸다 빙싹이 자란다는 걸 섬사람들은 알았지만

그렇게 그런 세기 살아낸 사람들이
너나없이 빙세기를 가지고 가 버렸다
아들 딸 재산 다 놔두고 친절한 미소도 두고

몇 세기 더 살아야 빙세기 돌아오나요

미소는 대놓고 돈이 된다고도 하는데

골동품 빙세기라면 한 세상 살 것도 같은데

목 놓아 울지 못한 사람들은 말에다 곡을 할까

어리광도 부리고 언강도 부려보곡

달리다 넘어지고 돋당 푸더지곡

일하며 먹으며 졸고 일ᄒ당 먹당도 졸곡

바람 불면 애타고 ᄇ름 불민 애가 줒곡

불볕에 숨이 멎고 조작벳딘 숨그차지곡

다 죽여 막 억울하고 ᄆ 죽여부난 하도 칭원ᄒ곡

살려거든 입 다물고 살구정ᄒ건 속솜ᄒ곡

할 수 없이 보내주고 홀수어성 보내주곡

껴안아 다독여주며 쿰엉 어릅쓰러주곡

진짜 울음에는 눈물방울이 없다
목젖 아래서 곡곡하며 길들여질 때
예 살던 일 삼 칠 번지 사람이 사라졌다

현무암 생각에

섬은 한라산을 낳고 한라산은 돌을 낳고

돌은 신을 낳고

설문대할망 하르방을 낳고

담을 낳고

울타리를 낳고

빌레를 낳고

머들을 낳고

잣을 낳고

궤를 낳고

탑을 낳고

집을 낳고

화로를 낳고

별의별 사람을 낳고

벽을 낳고

다리를 낳고

돌은 또 무엇을 낳아야 할지 몰라 돌섬을 돌아가
지도 돌아오지도 못하고

온몸에 눈과 귀 입을 열어두는 것이다

5·16도로

내일이 궁금할 땐 성판악에 올라보라

참나무는 추낭

떼죽나무는 종낭

동백나무는 돔박낭

구실잣밤나무는 주베낭

느티나무는 굴무기낭

청미래덩굴은 멩게낭

조록나무는 조록낭

소나무는 소낭

벚나무는 사오기낭

사스레피나무는 까그레기낭

산딸나무는 틀낭

사람주나무는 쐬돔박낭

슬픈 노역의 역사를 밟고 자라는

모호한 생의 기로에 낭만 가득한 거기

개예감

어멍 아방 손심엉 죽굼 살굼 죽을락 살락

경제개발 국토개발 기술개발 산업개발 개발 개발
한다더니 개복숭아 개머루 개다래 개오동 사라져
가고요 개이득 개꿀 개좋음 개멋짐 개웃김 개찌질
개고생 개환장시대 오나요

진짜로 개소리 개뿔 개판 개차반이 그리울지도

얼굴 값

매 맞을 땐 귀뚱베기
쌍방 다 밑지는 합의금

웃을 땐 양지
은근슬쩍 묻어가는 공짜

낯 작은 부끄러울 때
얼굴을 팔아야 합니다

같은 울음 다른 이름에 대하여

개굴개굴 울어서 개구리라 했다면
가가가가 울어서 가가비라 했겠죠
뉘더러 가가 하는지 귀 기울여 봤나요

맹꽁맹꽁 운다고 맹꽁이라 했다면
매앵해도 터지지 않는 입 맹마구리라 했겠죠
터질 듯 부풀다 마는 그 속 상상해 봤나요

쿨

파종이자 추수는 잡초가 전부였다
품었던 씨오쟁이를 풀밭에 풀어놓고
꽃피는 계절 계절을 호미 쥐고 살았다

별꽃은 진쿨
콩버무리꽃은 콩쿨
모시풀은 모시쿨
닭의장풀은 고냉이쿨
개망초 망초는 천상쿨
쇠무릎풀은 물무작쿨

모질게 굴다 봐도 쿨하게 피는 잡초처럼
쿨 해지는 거 말고는 대책 없는 농부처럼
밥이든 쿨이든 시든 그게 그거라는 시인처럼

귀순 삐라 고장섶 삐라

살려 주켄 삐라 ᄒ난
산에서 ᄂ려왔주기
이모니,
삐라가 무싱 건 줄 알암수과?
고장섶 삐듯 종이텁 삐난 삐라주기

프
   뜰
       프
     뜰

ᄒ구뚜루 심어당 주정공장에 갇혀둠서

바당더레

육지 형무소더레

끄성가멍

문… 삐연

산목련 봄이면 봄마다

소지 소지 뿌리네

꼬꼬댁 꼬꼬댁 꼬꼬정책

열 달 품은 널 낳고 날아갈 듯 헉삭했다

젖살 올라 안아들면 무거워서 지꺼졌고
키우랴 맞벌이하랴 저르어시 살면서도
흠세흐는 널 안으면 지친 뼈가 사르르 녹아
언제 커서 학교 가나 기다린 시간도 잠시
중간 기말 중간 기말 연합 모의, 수능에
줄 세운 숫자 따라 을큰흐당 지꺼지당
그놈의 공부가 뭔지 선선도 흐다마다
누가 감히 말하나 졸업은 또 다른 시작이라고
꽉 막힌 밥벌이 앞에 때 이른 철이 들어

미개인 소리 들으며 낳은
닭띠 셋째야 미안해

눈빛 바코드

한라산 천백도로 폭설이 그린 바코드

눈빛들을 찍는다 적외선이 읽힌다
사냥꾼 사농바치는 잠시 품절입니다
전설의 사냥개 늬눈이반둥갱이 단종입니다
사슴 지달이 삵, 재고 잡히지 않습니다
꿩 노루는 상설 이벤트용입니다
들개 멧돼지는 남은 수량한정 원플러스 원

눈 위에 찍힌 환호성 한도초과입니다

시인은 지역의 말과 소리로

그 정서를 표현하는 숙명적인 존재

강덕환(시인)

시인은 지역의 말과 소리로
그 정서를 표현하는 숙명적인 존재

1

길 잃어야 한다면
딱 여기서 잃고 싶다

밟을까 꺾을까 아님 매달릴까
　　　　　　　　　　- 「문득 흰 바람이 불었는데」 부분

　포기한다면, 딱 여기서 포기하고 싶었다. 뜨겁던
지난여름, 김정숙 시인으로부터 이 시집에 대한 발
문 청탁을 받아놓긴 했었으나 손도 못 대고 있었다.
아무 생각 없이 수락한 탓이다. 시집 내용의 융숭한

깊이를 파악하지 못한 탓이다. 제주어의 맛깔을 제대로 읽어낼 수 있을까 하는 두려움이 있었다.

선뜻 맡아 죄송하다고 양해를 구할까, 사정이라도 해서 거절할 수 있을까 하고 여러 차례 고심하였다. 왜? 이 시집의 시편 곳곳에는 제주어가 시어로 알알이 박혀 있기 때문이다. 아니, 그뿐만은 아니었다. 아무나 쉽게 접근하지 못할 영역을 시라는 문학 장르로 구축하고 있었기 때문이다. 그래서 이 시집에 대해 이러쿵저러쿵 토를 단다는 게 시인에게 누를 끼치는 것은 아닐까 싶었기 때문이다. 그러니 필자는 여러모로 깜냥이 모자람을 자책하며 얼버무리고 있음을 밝힌다.

시인은 어째서 이토록 제주어에 천착해서 시를 쓰고 있을까. 신은 이 세상에 수많은 갈래의 언어를 만들어 놓았다고 한다. 그 이유는 감히, 바벨탑을 쌓고 하늘에 닿으려는 인간의 오만함을 꺾으려고 여러 개의 언어를 만들어버렸다는 것이다. 현재 지구상에서 사용하고 있는 6,700여 개의 언어가 있었단다. 그중 2,500여 개의 언어가 소멸됐거나 소멸 위기의 언어로 등록되었다. 10년이 넘는 통계이기 때문에 달라졌을 수도 있겠다. 그중에 제주어는 '아주 심각한 소멸 위기에 처한 언어'다. 사라질지도 모르는, 죽어가는 이 언어를 붙잡고 시를 쓰는 것은 그 땅에서 자양분을 받고 자라온 시인에게는 당연하다. 목숨이 위태로운 제주어가 구급차에 실려 삐용삐용 응급센터로 가는데 시인이 넋 놓고 지켜볼 수만은 없지 않은가. 더욱이 시인의 연령대라면 조국의 근대화를 향한 국가주의가 횡행하던 시기를 거쳤다. 그리고 국민교육헌장을 달달 외우고 있어야 급식빵을 얻어먹을 수 있던 시절이었다. 학교에서 선생님이 출석부를 부를 때에도 '양' 하는 대신 '옛' 하고 군인 아저씨처럼 대답하던 시기였다. 그 지방에서 쓰는 말은 사투리, 방언, 토속어, 지역어 등으로 불리며 저열한 말투로 놀림의 대상이 되기도 했고, '촌옛 아이', '시옛 아이'로 구분 짓는 갈래도 되었다. 교통, 통신의 발달이 끼친 영향도 있었겠으나 지역과 사회가 변화함에 따라 언어의 변화나 소멸은 당연한 것으로 받아들이는 분위기도 제주어의 위기를 방임하고 있었다. 요즘 기성세대와 젊은 세대 사이에 소통을 어렵게 만드는 신조어를 보면 정책결정자의 탓으로 돌릴 계제만도 아니다. 어쩌면 말^(구술)로서 소통하던 시기에서 언어^(문자)로 표현되다가 이제는 언어를 파괴하는 문화가 하나의 트렌드로 자리 잡는 것은 아닌지.

2

작가^(문학인)는 그 지역의 언어로 그 지역민의 정서를 표현하는 숙명적인 존재이다. 거기에 표준어는 걸림돌일 수도 있다. '교양 있는 사람들이 두루 쓰는 현대 서울말'이기 때문이다. 어머니가 밭에 김을 매러 나가면서 지고 간 애기구덕에서 들려주시던 '자랑자랑 웡이자랑'의 자장가가 아니었다. 책이나 방송에서는 모차르트나 슈베르트, 브람스의 자장가로 혹은 '섬집 아기'가 대신했다. '교양' 있기 위해서는 표준어를 써야 했고, 주접스럽게 제주어를 품고 있을 이유가 없었다. 풀이어도 좋고 검질, 잡초라고 해도 상관없을 '쿨'이라는 시를 보자.

> 별꽃은 진쿨
> 콩버무리꽃은 콩쿨
> 모시풀은 모시쿨
> 닭의장풀은 고냉이쿨
> 개망초 망초는 천상쿨
> 쇠무릎풀은 물모작쿨
>
> ─「쿨」부분

시인은 어린 시절 어머니와 밭에 나가 김을 매면서 이런 풀들의 이름을 익혔을 것이다. 빌레왓에서도 뿌리를 내려 질기게 농작물을 간섭하던 고냉이쿨, 소도 먹지 않았던 천상쿨, 별처럼 하얗게 피어나도 한낱 검질에 불과했던 진쿨, 달여 먹으면 관절에 좋은 약초라는 것도 모르고 옷에 다닥다닥 달라붙던 풀씨가 귀찮았던 몰모작쿨들이다. 삶이 잉태해냈던 그 풀 이름들이 제주어가 아니면 그 정서와 감정들을 어디서 오롯이 맛볼 수 있으랴.

가히 제주어 사전이다. 이러한 사례는 이번 시인의 시편들 곳곳에서 발견된다. 제주의 화산회토나 습한 기후에 알맞게 대나무 제품이 유용하게 생산되고 그중 대바구니를 일컫는 말, '구덕'을 시인은 어떻게 분류하고 있을까.

등에 지고 싶으면 질구덕

들고 싶으면 들름구덕

허리 찰용이면 춸구덕

나물 담아 송키구덕

애 키울 땐 애기구덕

빨래할 땐 서답구덕

나들이 갈 땐 ᄀᆞ는대구덕

뚜껑 결어 짝 맞추면 차롱이라

밥 담아 밥차롱

떡 담아 떡차롱

도시락은 동그랑착

낟알 고를 땐 얼맹이

마당 쓸 땐 비차락

　　　　　－「이대 족대 왕대 그리고 그 대」 부분

　특히 제주 섬을 노략질하던 바람에 대해서도 시인은 면밀하게 관찰하고 있다. 시「설문대할망」에서는 건들ㅂ름, 하늬ㅂ름, 흙ㅂ름, 샛ㅂ름, 궁둥잇ㅂ름, 칼ㅂ름, 씬ㅂ름, 회오리ㅂ름, 황소ㅂ름, 갈ㅂ름, 눈물ㅂ름, 치맛ㅂ름, 마ㅍ름, 흘레ㅂ름, 눈비ㅂ름, 문ㅂ름, 헛ㅂ름, 꽃샘ㅂ름, 산들ㅂ름, 영등ㅂ름, 바당ㅂ름 등에 대해 그 이름의 의미를 '닮암직이' 일깨워준다.

　바람과 함께 돌에 대해서도 익살스럽게 펼쳐낸다. 크면 왕돌 왕석, 양손으로 들면 담돌, 한 손에 들 수 있는 건 돌멩이, 두세 개 잡으면 작지, 여럿 잡으면 돌세기…. 이게 제주에 널브러진 현무암의 모습이다. 몇만 년을 같은 돌 하나 없이 같은 삶도 하나 없이 살아온 제주 사람의 모습이기도 하다.

제주 사람에게 사면이 바다로 둘러싸인 바다는 늘
생존의 목줄을 휘감고 있었는지 모른다. 그 갯가 바
위틈에서 채취하던 고둥에도 종류가 여럿이고, 한
라산을 중심으로 산남(고메기)과 산북(보말)에서 부르
던 이름도 달랐다. 그 이름들을 기억 속에서 끄집어
내어 낱낱이 열거하고 있다니 놀랍다. 밤고둥 먹보
말, 눈알고둥 문다데기, 두드럭고둥 메옹이, 팽이고
둥 수두리보말.

　나무 이름도 마찬가지다. 참나무는 ᄎ낭, 떼죽나
무는 종낭, 동백나무는 돔박낭, 구실잣밤나무는 ᄌ
베낭, 느티나무는 굴무기낭, 청미래덩굴은 멩게낭,
조록나무는 조록낭, 소나무는 소낭, 벚나무는 사오
기낭, 사스레피나무는 까그레기낭, 산딸나무는 틀
낭, 사람주나무는 쐬돔박낭.

　밥의 종류도 만만찮다. 반지기밥, 대죽밥, ᄆ멀밥,
톳밥, 지실 감저밥, 눔삐밥, ᄑ래밥, 피밥, 섯ᄑ리밥,
산듸밥, 넙패밥, 폴 녹디밥, 조팝, 지름밥, 곤밥, 떡
밥, 밑밥, 콩밥, 꽁보리밥.

3

위에서는 명사만을 예로 들었지만 다음의 시를
보자.

왜 이리 예쁜 거냐
서 오누이 하는 짓이

엄지 검지 중지까지 합세해서 조바 먹고
다섯 손가락 다 펴서 한 웅큼 쥐어 먹고
밥 밥해도 밥은 국물 있어야 좀앙 먹고
입맛 없을 땐 마눙지 자리젓 조창 먹고
짠짠한 간장된장 양념해서 툭툭 조가 먹고
숟가락 들고 다니며 이것 저것 거려 먹고
짜고 달고 쓰고 신 건 물 담가 울려 먹고
먹음직한 건 입대서 덥석 그차 먹고
맛 좋은 국물은 사발째 후룩 드르싸고
풋콩 삶아주면 콩깍지 베르싸 먹고

어머니 눈엔 꿀 뚝뚝
다디달던 그 시간

               - 「먹는 동사」 전문

가난한 시대의 목숨붙이들 세 오누이가 둘러앉아 밥을 먹는가 보다. 피자나 치킨이 아니더라도 먹는 행위가 다양하게 묘사되고 있다. 그것을 지그시 바라보는 어머니의 눈엔 지켜보는 것만으로도 꿀이 뚝뚝 떨어지는 달콤한 시간이다. 「할아버지 판결문」에서의 지칭 대명사 야의, 쟈의, 가의는 어떤가. 「아버지의 자리^(자리돔)」에서의 줄마룽, 중수마룽, 홀구마룽이라는 표현들이 압권을 이룬다.

「감성온도계」에서 온도를 나타내는 말^(언어)의 다양함도 시인은 포착해낸다. 메지근, 산도록, 석석, 써넝, 써굴라, 멘도롱, 뜻뜻, 떠바아, 떠불라를 비롯하여 역시 제주어의 표현 중에는 의태어, 의성어가 다양하다. 과랑 과랑, 올랏 올랏, 으상 으상, 술강술강, 투랑투랑, ᄆ랑ᄆ랑, 괄락 괄락, 베롱 베롱, 벨롱 벨롱.

시인이 표현하고자 하는 제주어의 의미는 여기에서 그치지 않는다. "오몽해사 살아진다"^(「오몽 예찬」), "백날을 ᄀ물어 보라 게무로사 똠 어디 가크냐"^(「게무로사 별곡」) 등이 풀어내는 잠언 같은 구절은 많은 생각에 잠기에 한다. 발창^(발바닥)에서 대멩이^(머리)까지 떠나는 신체여행기^(「비가 쏜다」)에서 느낄 수 있는 해학도 만만찮다. 다음 시를 읽어보자.

H대 나온 서울 성님 싹싹하고 고운 성님
귤 따는 거 돕겠다고 새벽같이 나섰는데

울 삼춘 벙근 입으로
"장갑부터 찌라 장갑 찌라"

솥에 찜틀 들여 놓고 가스렌지 찾아가며
빨간 장갑 차곡차곡 돌려가며 쌓는데

"아이고 무사 무사게 장갑은 솥디 담아시니?"

"따뜻하게 쪄서 끼는 줄 알았어요"

"장갑은 손에 찌는 거주, 솥디 치는 거 아니 이"

찬바람 푸하학 날린
찌다 끼다 치다에 치이며

　　　　　　　　－「아침바람 찬바람에」 전문

　절로 웃음이 나온다. 제주어가 아니고서는 맛볼
수 없는 웃음이고, 환희다.

4

태초에 고립의 섬 제주에서 소통의 수단이 되었던 것은 언어가 아니고 말이었을 것이다. 문자 이전부터 말은 존재하였고, 문자를 발명하고 난 후부터 온갖 것을 문자화하려고 하였지만 쉽지 않았다. 아직 성공했다고 보기 어렵다. 제주어로 문학하기도 마찬가지다. 제주인의 역사와 정통성이 내포된 제주어를 매개로 하는 특색 있는 장르라고 할 수 있는 제주어문학이기에 김정숙 시인이야말로 이 일에 가담했다면 중증 환자인 제주말을 치유하는 의사인 셈이다. 그 행위는 당연히 예술의 기원이고, 문자화하여 문학(시)이 탄생하는 배경이다. 말을 하지 않거나 표현되지 않으면 죽은 언어다. 죽어가는 언어를 살리기 위해 병원이라는 건물(제도)도 필요하다. 그러나 제도만을 탓하기 전에 앰뷸런스(단체), 의사(정책결정자, 학자, 작가)의 열정이 가미되어야 하리라 여겨진다.

마무리하려다 보니 제주어 시들만 붙잡고 지면이 채워져 버렸다. 정작 김정숙 시인이 표현하고 독자에게 다가가고자 한 뜻에 어긋나지 않았는지 염려스럽다. 다른 시편들도 절창이 많은데….

그렇다. "어머니 나 시집 나완// 무사 무사 아이덜은?"(「시집인데」)처럼 가장 가까이서 자신을 지켜봐주셨던 어머니도 쉽게 이해하지 못하고, 누구도 알아주지 않는 시업(詩業)을 붙들고 있는 김정숙 시인의 앞날에 건필을 빈다.

김정숙

제주도에서 나고 자랐다.
2009년 매일신문 신춘문예로 등단했다.
시집으로『나도바람꽃』,『나뭇잎 비문』이 있다.
제주작가회의, 제주시조시인협회, 젊은시조문학회 회원으로 시조를 쓰며
수망리에서 농사를 짓고 있다.
saranamgi@hanmail.net

섬의 레음은 수평선 아래 있다
2023년 10월 31일 초판 1쇄 발행

지은이 김정숙
펴낸이 김영훈
편집인 김지희
디자인 김영훈
편집부 이은아, 부건영, 강은미
펴낸곳 한그루
         출판등록 제651-2008-000003호
         제주특별자치도 제주시 복지로1길 21
         전화 064 723 7580 전송 064 753 7580
         전자우편 onetreebook@daum.net 누리방 onetreebook.com

ISBN 979-11-6867-120-1 (03810)

이 책은 제주특별자치도와 제주문화예술재단의
2023년도 제주문화예술지원사업의 후원을 받아 발간되었습니다.

값 10,000원